AF189399

Kröskenskisten

Von Anja Rosok

Bücher mit der Titelei „... **Beziehungskisten** ...“ gibt es mehrere. Eine Alternative musste her.

Ein „Krösken“ ist ein Verhältnis, eine Liebelei, im unbefangenen Sinn eine Beziehung, meist heimlich, verborgen, im stillen Kämmerlein ausgelebt. Im ersten Band der Kröskenskisten werden die fast harmlosen aufgedeckt, im zweiten wird es verborgener. Versprochen!

Natürlich sind dies fiktive Geschichten.
Alle Charaktere, Namen, sämtliche Orte, Handlungen und Dialoge sind frei erfunden. Ähnlichkeiten mit lebenden oder verstorbenen Personen und ihren Reaktionen sind rein zufällig und von der Autorin nicht beabsichtigt.

Viel Vergnügen beim Lesen der einzelnen Kröskens.

Kröskenskisten

Kurz (-e Beziehungs-) Geschichten
Band 1

Von Anja Rosok

Bibliografische Information der Deutschen Nationalbibliothek: Die Deutsche Nationalbibliothek verzeichnet diese Publikation in der deutschen Nationalbibliographie; detaillierte Daten sind im Internet über http://dnb.dnb.de abrufbar.

1. Auflage, Februar 2019

Herstellung und Verlag:
BoD - Books on Demand, Norderstedt

ISBN: 978-3-7494-0928-0

auch als *e-book* erhältlich

Inhalt

Dem Heinz seine Magda

„Ich geh nich weck hier. Nich für allett Gelt der Welt. Warum ihr, du und du und du? Datt war nich fair. Als ob ett woanners schöner iss." Wütend giftete er die Bilder seiner Verflossenen an. Sie standen auf der linken Seite seiner rustikalen Lebenswand. Eine nach der anderen legte er sie auf das lachende Gesicht. Über dem Barfach, auf der anderen Seite, lagen bereits alle Bilderrahmen auf dem Bauch. Wie Vogelschwänze zeigten die Rahmenstützen nach oben. Unter ihnen lag auch die Erinnerung an seine letzte große Liebe, die ihm genau vor einem halben Jahr davongeflogen und nie zurückgekommen war.

Sein Blick fiel auf die Pendeluhr neben dem Fenster. Tick, Tack, Tick, Tack.

Alt war er geworden. Die Jahre hatten seine Spuren hinterlassen. Harte Arbeit hatte seine Lunge verkohlt. Er röchelte. Viele Frauen hatten ihn begleitet. Alle für eine gewisse Zeit. Der einen passten die Schichten nicht, der anderen, dass er arbeitslos wurde. Der dicken gefiel seine

Ordnung nicht, die nächste manikürte ihn ständig. Die blonde mochte nicht, dass er seine Kumpels traf und die letzte Frau nörgelte ständig an seinem Hobby herum.

„Mit euch Weiber bin ich durch!"

Plötzlich schreckte er hoch.

„Ett geht auf drei zu. Getz abba flott, sons verpass ich dich." Das durfte ihm nicht passieren. Heute nicht. Er spürte es. Seit drei Wochen dackelte er immer zur gleichen Zeit zum Kanal. Dort traf er sie. Jeden Tag. Erst hatten sie sich zögerlich genähert, langsam angefreundet und jetzt – so hoffte er – könnte was aus ihnen werden.

„Fast wie ne echte Liebesbeziehung. Nur anners halt. Datt wird die Wahre. Ich sachett." Knackend reckte er sich. Sein Rücken schmerzte. Die Uhr schlug dreimal.

„Getz abba hurtich."[siehe Vokabularium/Seite 73]

In der Küche schnappte er sich die gewickelte Schnitte und polterte durch die Diele. Mit kräftigem Wumms schoss er seine Puschen auf das Telefonbänkchen, wo sie jeden Tag anders drapiert liegenblieben.

„Datt werd ich mir nie abgewöhn - wozu auch. Abba wer weiß, wer weiß. Wer weiß, watt der

Tach noch bringt." Er kniff ein Auge zu und schnalzte zweimal.

„Magda-Mäusken! Ich fliege, ich eile, bin schon aufm Weech. Nich abhaun!"

Der Blick in den Spiegel zwang ihn, eine Haarsträhne mit Spucke zu glätten, bevor sie unter seinem Käppi verschwand.

Im Hinausgehen griff er nach seiner Jacke, zog die Wohnungstür zu und verriegelte erst das untere, dann das obere Schloss. An der letzten Treppenstufe stopfte er den gewickelten Proviant in die Tasche und dann seine Hose in die Socken. Er musste schmunzeln.

„Wie ihr Weiber datt alle gehasst habt. Alle. Abba ett iss verflucht praktisch. Die Kumpels inne Kneipe ham mich für datt nie ausgelacht. Un ich weiß, du wirset auch nich, mein Täubken. Denn du kenns mich nur so. Watt soll ich datt getz ändern?"

Hinterm Haus stand sein Rad angekettet an der Teppichstange direkt neben dem Taubenschlag. Jemand rief ihm zu: „Datt klaut eh keiner."

„Sicher ist sicher. Die Zeiten ham sich geändert. Glaub mir: sogar datt Schwarze unter die Nägel …"

„Blablabla. Laaber nich!", schrie sie vom Fensterbrett der Nachbarküche herunter, „wann bausse die olle Kiste endlich ma ab. Datt iss´n Schandfleck innen Hof."

Traurig blickte er auf die verwaisten Gitterstäbe. Einst hatte er viele, nur nie Glück mit ihnen gehabt.

„Und? Sach schonn! Wann packtett dich, datt olle Ding den Erdbodn gleichzumachen?"

„Mach den Kopp zu, Erna", bluffte er hoch, „ne Schönheit biss du aunich un lebs imma noch, olle Schrupfnelda! Du wirs schon sehn, wen ich heut mit nahause bring. Da bisse platt. Dann zieh ich nich mehr alleine los."

„Als ob du watt Besseres bis, du alten Bummskopp. Watt kanns du schon bieten? Meinse, dich will noch eine? Guck dich ma an. Alt bisse gewordn. Und schon widder ne Pulle im Anhänger."

„Datt du auch imma deine Nase in allett reinstecken muss!"

Verärgert spickte er unters Handtuch im Anhänger. Erleichtert stieg er auf.

„Ich habett nur klimpern hörn. Unn datt war nich der Klüngelskerl [Seite 73]. Sach: wär datt kein Job für dich?"

Mit der Hand schnappte er ihre Worte und warf sie sich über die Schulter.

„Früher hattese wenigstens noch ne Moffa."

„Tja, Erna. Ohne Moos nix los, wa!"

„Stimmt. Du wars die beste Partie in mein Leben. Getz halt ich meine Krötn lieba selbs zusammen. Bisse widder auf Brautschau, ne? Na dann: Glück auf, Heinz!"

Er trat in die Pedale und flog praktisch den Kanalpfad entlang. Sein Herz pochte.

Es war fünf nach drei.

„Magda, wo bisse?" Er schnalzte mit der Zunge.

„Hasse dich versteckt, Süße? Okay, weil du ett biss."

Sein Blick kreiste.

Hinter ihm stand der Koloss in seinem Stahlmantel. Wie mit rostigen Lamellen einer übergroßen Gardine verbarg er sein Herzstück. Im oberen Bereich puzzelten Banner den Verweis auf die aktuelle Ausstellung zusammen.

„Mannomann!" Sein Nacken versteifte sich. „Als Taube drübberfliegn und draufkuckn könn, datt wär ma watt! Wenn ich nen Wunsch für de Widdergeburt hätte, ich wüsst da watt."

Er schob sein Rad in die Botanik und schloss es unterm Schild an. Aus dem Anhänger nahm er die Bierflasche, öffnete sie an der Handbremse und las.

„Betriebsgelände der Wasser – und Schifffahrtsverwaltung … pfpf", pfiff er, „mit drei F – noch nimma schreibn könnse. Bildungspolitik. Da wird sich bestimmt keina dranhaltn." Er grollte und stieg ein paar der verwilderten Stufen hinab. Während er sich setzte, dachte er an früher.

„Jaja, mit alle war ich hier. Abba vonne Bahnbrücke? Heute noch? Nee lass ma." Seine Augen glänzten. „Früher? Jou. Drüben am Emscherufer trocknen lassn." Er lächelte. „Un dannoch en bissken mehr – ne, Erna! Wenn nich datt blöde Mäh allett kaputt gemacht hätte. Die scheißn allett voll. Futsch die ganze Romantik inne Natur", ärgerte er sich, „alle habt ihr mich innen Stich gelassn. Genau hier." Er nahm das Käppi ab und pflatschte es auf die Stufe. „Alten Bummskopp", hallten Ernas Worte in ihm.

„Mensch, Magda, komm getz! Zeich dich! Ich hab dir auch ne Knifte mitgebracht." Er holte das Brot aus seiner Jackentasche und pellte es aus dem Papier. „All die Weibers waren sich zu fein für sowatt. Abba meine waahren Lieblinge eben nich. Ihr wisstett. Meine Kniften sind besser als die Galagerichte, die de auffe Meile innen Centro serviert kriss." Er schnalzte wieder mit der Zunge. „Nun komm schon. Wo bisse, Magda-Mäusken? Bei mir hasset schön. Bis auf Erna, die nervt imma. Abba so isse halt."

Eine Fähre schob eine Bugwelle. Ohne irgendjemanden in den verdunkelten Führerhausscheiben zu erkennen, winkte er. Leise glitt das Schiff den Kanal entlang, passierte die erste, die zweite und schließlich die dritte Brücke. Über den schmalen Fußpfad ihm entgegen kam eine Mutter mit ihren Kindern auf ihn zu. Sie blickte abfällig auf die leere Flasche, die neben ihm auf den Stufen stand. Dann musterte sie seine Hosenenden in den grauen Socken und diese wiederum in seinen Sandalen. Ihr Junge riss sich los, rannte quer durchs Unterholz die Böschung hoch, an dem Rad vorbei, in Richtung

Kletterpark. Das Mädchen blieb unter der Brücke stehen und blickte dem Verlauf nach.

„Darf man das hier auch, Mama?"

„Nee!", sagte er scharf, „da stehtett fettgedruckt: Betriebsgelände … Benutzen verboten."

„Watt wolln Sie denn?"

„Magda! Nur meine Magda!"

„Chacky, komm, geh wech von den Penner!" Kopfschüttelnd schob sie ihre Tochter an ihm vorbei.

Er stand nicht auf, dachte nur: „Mit euch Weibers bin ich feddich. Ein für alle Ma!"

Seine Augen folgten der Konstruktion. Weit hinten erblickten sie Magda, seine Magda.

Auf dem Mauervorsprung am Ende der Brücke saß sie.

„Wie biss du da nur hingekomm, mein altes Mädchen? Komm rübber!" Er winkte.

Sie trug einen Ring. Das wusste er. Und doch war sie jeden Tag hier. Jeden Tag zwischen drei und halb vier. Diese gepflegte Schönheit. Er blickte auf seine rauen Hände. Brot und Papier legte er neben sich ins Käppi und rieb die Finger sauber. Dann formte er eine Höhle, in die er blies, um den Atemtest zu machen.

„Egal! Mich will die Gute treffen. Mich! Egal wie ich ausseh, egal mit wen ich mich wo und wann inne Kneipe treff. Und total egal, ob ich übberhaupt widder nen Job krich. Datt iss ihr völlig schnuppe!"

Kurz dachte er an den Kumpel, den sie hintergehen würden, wenn es heute wirklich dazu kam.

„Ach watt! Junge, du wirs drüber wechkomm. So issett. Mal klappt ett lange, mal gibbt ett nen Bessren. Nich, datt ich datt bin. Doch! Ich bin datt."

Heute musste er sich galant zeigen, alles auffahren, um sie anzulocken. Dieses Mal würde er alles richtig machen.

Demonstrativ streckte er das Brot in die Luft, zerbröselte es auffällig und legte eine Krumenspur bis in den vergitterten Anhänger hinein, auf das zum Nest geformte Handtuch.

Ab heute würde sie ihm gehören.

Heute nähme er sie mit in seinen Schlag.

Zukünftig dürfte sie quasi mit ihm den Kanal entlangfliegen, sich ordentlich verausgaben.

Wenn sie beide genug hätten, würde er sie mit dem Rad nachhause fahren. Niemals mehr andersherum. Den Fehler hatte er schon zu oft gemacht. Keine wollte in seinen Schlag zurückfliegen, wenn er sie hier am Gasometer freiließ.

„Unnur, weil ett hier so schön iss! Ne, Magda, mein Täubken?!"

Betagte Turteltauben

Turtelnde Tauben im Café schlürfen und stechen
den Kuchen mit Gabelzinken.

Sie schwärmen von ehemals.

Beringt und dicke Klunker am Hals,

lästern sie über ihre Verflossenen, über ihre
Trophäen, über die Zeit.

Wahrhaft: SIE haben genug Geld

für diese ärmliche Welt.

Gleich wird eine von ihnen dem Kellner winken.

Sie malt sich aus, wie es wär´ ...

Sie wäre bereit.

Die Entscheidung

Er schuftete und schuftete. Unzählige
Dienstreisen nahm er an. Unzählige Länder hatte
er gesehen und war mit teuren Erinnerungen
zurückgekehrt. Jeden Cent investierte er. In seine
Zukunft, wie er meinte. Aber es war klar, dass es
so kommen würde.
Der Raum war erfüllt von diesem eigenartigen,
diesem speziellen Duft. Einer Mischung von
gewachstem Leder, Mottenkugeln und von ihren
körpereigenen Duftnoten.
Wie er sie liebte. Ihre Mischung von Hitze,
Nylonstrümpfen und ihrem teuren Parfüm.
Sie saß an diesem Tag, wie so oft, angespannt da.
Er hätte es sich nicht anders denken können.
Viele Male schon kauerte sie in ihrem weißen
Kleid auf dem Stuhl. Dem Spiegel den Rücken
zugekehrt, die Ellenbogen auf die
übergeschlagenen Knie gestützt. Das Kinn
nachdenklich mit den zierlichen Fingern
umspielend, konnte man meinen, sie starrte ins
Nichts.

„Ja, wer die Wahl hat, hat die Qual!"

Er hatte keine Wahl. Für ihn stand die
Entscheidung fest. Und dennoch lag täglich der
Klang dieses Satzes in dem mit rotem Velour
ausgelegten Raum.
Wie ein Ritual zog sie sich hierher zurück, auch
heute. Wie immer gefolgt von seinen Worten.
Wie ein Ritual lag die Qual der Wahl über beiden.

Er blickte ins Leere. Er blickte in sein
Portemonnaie.
Sie blickte nach vorn.

Vor ihr im Halbkreis – sie quasi anlächelnd –
wurde sie von den schönsten Pärchen der ganzen
Welt beäugt. Es schien fast so, als riefen sie alle,
jedes in seiner eigenen Tonlage: „Wir zwei beide
sind heute dran. Wähle uns. Wir gehen den
heutigen Weg gemeinsam mit dir. Wir werden
dein schönes Aussehen in seinem Glanz
vollenden."

Schön war sie. Das wusste er.
Drum quälte ihn seine Wahl.

Sie ließ sich nicht beirren. In einer bestimmten Reihenfolge, die sie irgendwann einmal genau festgelegt und seither nicht versucht hatte zu ändern, ging sie vor. Sie zog ein Schuhpaar nach dem anderen an. Ob die teuren aus Deutschland, Frankreich oder Italien, keines der unzähligen, noch so stolzen, gepflegten Paare konnte es ihr recht machen. Das eine drückte, das andere passte nicht zum Kleid, das dritte war nicht stylish genug. Ihr Entschluss stand fest: Sofort! Ein neues Paar Schuhe musste her! Eins, das es hier nicht gab.

Eine Träne kullerte über die Wange.

Heute zauberte er kein neues Paar aus dem Karton. Heute reihte er es nicht ans Ende der wartenden Schuhschlange. Heute stellte er sein eigenes, abgelaufenes, nach hartem Schweiß riechendes, seines, das viel zu eng geschnürt worden war, hinten an.

Heute würde sie sich entscheiden müssen.
Sie alleine, in einem Kleid, das längst nicht mehr weiß war, sondern vergilbt.

Blüten wandeln sich

Zarte Früchte hauchen rot

Sommergewitter

Eine berauschende Nacht

„Auslandsaufträge. Wie ich sie hasse!", schimpfe
ich, „sie dauern einfach zu lange. Der
anstrengende Flug, das Auskundschaften, die
Unsicherheit. Völlig überfressen bin ich. Was war
hier schon anders als zuhause? Lohnt es sich
wirklich?"
Koffer stehen mitten im Raum.
Ich denke an die dicke Dame, ohne die ich jetzt
nicht hier wäre. Direkt bei meiner Ankunft traf
ich sie auf der Sommerterrasse.
„Nee, nee, Schätzken. Du biss sowatt von hübsch,
du jungett Ding. Abba du muss dich andert
kleiden. Nur dann gehörsse zu de Ottevolaute [S 73].
Kuck mich an."
Sie, die Schokotonne, die mit ihrem geblümten
Seidenkleid, dem pinken Hut und ihrem
glitzernden Geschmeide unterm Nachthimmel
funkelte, als wäre sie der Lotse an der
Einflugschneise eines Flughafens. Ich fange an zu
lächeln. Düsseldorf ist nicht weit entfernt. Das
war draußen zu spüren. Doch auch wenn die
Holde es sich erhoffte, da gehörte sie nicht hin.

Sie wird niemand mehr rausholen, *innen besserett Leben* hinein. Nee, nee. Aber süß war sie.

Die Sonne will gerade aufgehen. Die großen Fenster lassen ahnen, dass sie tagsüber die Zimmer mit Helligkeit fluten werden. Hastig ziehe ich die Vorhänge zu.

„Was für eine Nacht? Kein Auge habe ich zugemacht." Kurz überlege ich: „Na gut. Vielleicht zwei oder dreimal. Aber nur, um zu genießen."

Verträumt summe ich die Melodie.

„Dieser Musiker", schwärme ich und fahre mir durch die Haare, „er hatte Rhythmus im Blut. Mir ist immer noch ganz schwindelig. Das hätte ich niemals gedacht. Sagt man dieser alten Industriemetropole doch tristes Grau nach. Aufs Gemüt ist es ihm nicht geschlagen. Erst gegen Ende unserer eigenen Show verblasste sein Teint."

Ich reiße den einen Arm hoch, drücke gleichzeitig den anderen gen Boden und mache einen Ausfallschritt zur Seite. Dann rolle ich die Augen und verzerre meine Mimik. Blitzschnell verschränke ich die Arme vor der Brust.

Wild drehe ich mich im Kreis. Mein Mantel weht. Jede Ecke der Suite durchtanze ich, bis es mich emporschraubt und ich mich aufs Bett fallen lasse.

Rechts und links greife ich die Decke und hülle mich ein.

„Weich! Weich wie sein Bauch. Etwas zu behaart war er. Gewiss mit viel Pommes gepflegt. *Datt is mein Leibgericht. Da geht nix drübber. Da lassich nix draufkommen. Pommes, Pommes rot-weiß. Datt isset*. … Roooot."

Das Piken seines Vollbartes spüre ich noch an meinen Lippen. Plötzlich haftet mein Blick an der Zimmerdecke.

Ich muss schmunzeln. Hat unser quirliges Ding tatsächlich ein Spinnengewebe übersehen.

Das rumänische Zimmermädchen hatte ich auf dem Gang überrascht, als sie sich gerade zurückziehen wollte. Von der vegetarischen oder gar veganen Mode hielt sie nichts. Die klassischen Eintöpfe, Bohnen, Kohl und Krautwickel aß sie nur in unserer Heimat. Hier hatte sie Salat und Steaks gegessen, mit einer Menge rotem Chili.

„Feuer hatte sie im Blut." Ich spüre es durch meine Adern rauschen.

„Bis Silviana mich tatsächlich in ihre Kemenate einließ, brauchte ich viel Überzeugungskraft. Sie ließe sich nie mit Gästen ein, schwor sie gleich. - Ich bin kein Mann - Ich bin nicht irgendein Gast - Sie konnte mir nicht entkommen."

Fest umklammere ich meinen Körper, rolle mich in die Decke ein. „Was sagte sie gleich? Für umsonst würde sie es machen." Ich lache. „Das stimmt nicht ganz."

Wild strample ich mit meinen Beinen, befreie sie endlich. „Gnädige Frau, genießen Sie Ihren Aufenthalt. Lassen Sie es sich hier gut gehen. Bitte! Nein, bitte

- Nein, wie verängstigt –

Bitte, ich mache in der Zeit bei Ihnen sauber. Ich habe Brüder und Schwestern vor Ort, die können das sofort übernehmen. Und wenn sie zurückkommen, sind alle Spinnweben fort. Bitte, seien sie gnädig, nein, bitte". Sie bettelte förmlich.

„Gnädig? Ich? Ich liebe meine Spinnweben und den Staub. Tja", feixe ich, „da waren deine Argumente schlagartig gestorben."

Ich hüpfe vom Bett und husche ins Bad, sehe den Glanz und belächle ihre Arbeit.

Erstaunlicherweise fühle ich mich wohl und lasse Wasser ein.

„Hier waschen sich hochrangige Gäste also, nachdem sie verschwitzt ankommen. Womöglich shoppen waren, durchgetanzt, -gefeiert oder Sport gemacht haben."

Ich grinse, während ich meinen Mantel abstreife. Er sinkt zu Boden. Den Reißverschluss meines Kleides öffne ich langsam und lasse das schwarze Stück Stoff an meinem Körper hinuntergleiten. Eine Gänsehaut will sich aufstellen. Zufrieden streiche ich mir mit den Händen den Hals entlang, recke mich und lasse die Wirbel leise knacken. Mit den Fingerspitzen fahre ich mir über die Brust, den Bauch, die Taille dann über den Po. „Stramm war sein Hintern!" Meine spitzen Nägel bohren sich ins Fleisch. Wohlwollend erinnere ich mich an den Personal-Trainer, den ich im Fitnessraum erwischt habe. Völlig überrumpelt war er, als ich hinter ihm auftauchte. – Wer geht schon um diese Uhrzeit trainieren, wenn oben eine Party läuft?

Ich schwelge: „Er, getränkt von Powerdrinks, auf dem Powerboard. Sein Körper vibrierte. Alle Muskeln wohl trainiert und gut durchblutet. Er spürte meine Aura und wusste, was kommt." Ich gleite mit den Händen vor, fahre mir die Innenseiten der Oberschenkel entlang dann den Körper hinauf. Mit der Zunge lecke ich über meine Lippen und schmecke noch sein Salz und das Eiweiß der Shakes.

„Zu dumm nur, dass wir eine Zeugin hatten. Wie konnte ich den Gestank aus der hintersten Ecke des Fitness Bereichs ignorieren." Angewidert reibe ich meine Nase, um etwaige Geruchsanhaftungen abzustreifen.

„Diese Knobiknolle!", schimpfe ich, „selbstschuld! So musstest du halt ausrutschen, mächtig hinsausen und mit dem Kopf immer wieder unsanft daran erinnert werden, dass du zur falschen Zeit am falschen Ort warst." Zufrieden blicke ich auf meinen Absatz und fasse mir in den Nacken. „Schade nur, dass ich letztendlich doch Hand anlegen und dir dein Genick brechen musste. Jetzt saust das Laufband ohne dich weiter."

Ruhig schnüre ich meine Stiefel auf, krabble mit den Zehen aus dem Leder und rolle die Netzstrumpfhose herunter.

Das Wasser ist lauwarm. Schaum steigt wulstig empor.

„Warum essen die Leute so viel und ausgerechnet Knoblauch?" Ich rieche an meiner Hand, lasse Wasser durch die Finger rinnen.

Meine Gedanken haften an den kulinarischen Köstlichkeiten des Hauses. „Pappsatt bin ich. Und wie sehe ich aus?"

Im Spiegel kann ich nichts erkennen.

„Ein echter Gourmetkoch. Sein Geheimnis zeigte er mir nach Küchenschluss. In der Vorratskammer lieferten wir uns beide neue Horizonte. Er servierte mir aufregende Aromen a la Chef de cuisine, zeigte mir seine handwerkliche Leidenschaft, auch im Umgang mit den Messern. Ein Meister seines Fachs." Tief atme ich ein und wieder aus.

„Blutrot waren seine Wangen, bevor ihm alles entwich."

Gelassen ziehe ich mir die Unterwäsche aus, ohne in der schwarzen Spitze hängen zu bleiben. Die Öse des Lederbandes hakt ein wenig. Ein Haar hat sich darin verschlungen. Schon streife ich es vom Hals und werfe es auf meine Wäsche. Es funkelt nicht wie glitzerndes Geschmeide.

„Nee, nee, Schätzken, kuck mich an. Ich bin eine Vonundzu, hicks." Laut lache ich, lupfe den erdachten pinken Hut und tupfe meine Mundwinkel sauber. Eigentlich muss ich der Schokotonne im Seidenkleid dankbar sein.

„Aber so besoffen. Wie kann sich eine Dame nur so volllaufen lassen?" Ich wippe von rechts nach links.

„Auf der Sommerterrasse schwenkte sie zur Begrüßung schon das Sektglas zwischen ihren goldberingten Fingern."

Vom Waschtisch nehme ich das Glas, fülle es mit Wasser und ahme die Handhaltung nach. Dann proste ich gen Himmel.

„Vielen Dank, Frau Vonundzu."

Mit dem kalten Wasser gurgle ich und spucke es ins Becken.

„Irgendjemand sagte mal: es gibt ein Getränk, das Frauen schöner macht, je mehr Sie davon trinken. Sie hätte es lieber lassen sollen. Ich glaube, ich habe einen Schwips."

Wieder schaue ich in den Spiegel, fahre blind meine Augenbrauen nach und streiche von den Wangenknochen bis zur Kinnspitze.

„Wir hätten von der Terrasse nicht gleich in die Bar gehen sollen und SIE hätte sich nicht einen fruchtigen Cocktail nach dem anderen einschütten sollen. Und zwischendurch immer dieses *Gedeck* – Pils und Schnaps. Merkwürdige Mischung."

Verständnislos schüttelte ich den Kopf.

„Der Schein trügt. Mein erster Versuch schlug fehl. Schön, dass sie in die Lounge flüchtete. Dieses Flair, ganz anders als bei uns. Ein wahrer Blutrausch."

Leider hatte ich keine Zeit für den „*Bar-Keeper*", singe ich betont weiblich und tänzle zum Klosett.

„Er hat mich beobachtet. Bleich sah er aus. Irgendwie verängstigter als Silviana.

Die dicke Dame hingegen war schwer, als sie in ihrem Seidenkleid zusammensackte. Dass Schokolade so viel wiegen kann. Der Gang zur Toilette: mühsam, sehr mühsam. Mühsam war auch, sie dort einzuschließen und den Zimmerschlüssel zwischen den unzähligen Bankkarten zu finden. Der Erfolg ist es wert."

Heimelig fühle ich mich, blicke durch die geöffnete Badezimmertür auf den Koffer in die Mitte der Suite.

Den weiten Flug mit dem Kreisen und seinen Turbulenzen an der Einflugschneise habe ich schon fast verdrängt, nicht aber die Eindrücke der Stadt. Das riesige Rathaus, der Hauptbahnhof, das Opernhaus, daneben der runde Tower mit der Spitze, die sich tödlich durch sein Herz bohren könnte. Im Norden sah ich die Räder des Förderturms auf Zollverein, die lange Rolltreppe, den Kunstbau mit seinen unterschiedlichen Fenstern. Die Trassen, auf denen gewiss mal beladene Kutschen gefahren sein müssen. Einsame, verlassene Wege mit vielen Radfahrern und durchtrainierten Joggern, für unsereins ein Eldorado.

Auf der anderen Seite überflog ich viele dunkle Wälder, mit dem gestauten See. Oberhalb lag diese riesige Villa. Im Umfeld verstreut gab es Schlösser und Ruinen, ein Schloss Hugenpoet, eins in Borbeck, das Wasserschloss Wittringen. Das liegt nicht so zentral, dennoch nah genug. Das könnten wir beziehen, ohne eine Spur zu hinterlassen.

Ich spüle, drehe mich um meine eigene Achse, bis ich am Wannenrand stoppe. Meine Zehen zerteilen den Schaum. Langsam gleite ich ins Wasser und träume.

„Schön, dass mir die Junggesellinnen in die Arme gelaufen sind. Mädchen gehen mindestens paarweise zum Klo. Drei zu vernaschen, hat meinen Alkoholspiegel jedoch ordentlich in die Höhe getrieben. Das hätte ich mir nach der Dame eigentlich nicht mehr erlauben dürfen. Ach, Mädels, *sonne* Party habe ich zuletzt vor … vor … ja - vor Jahrhunderten erlebt. Ich bin wirklich dankbar für die Einladung. Man wird euch nicht vermissen. So läuft ein Mädelsabend ab. Tanzen, singen, trinken. Verschwinden, kommen und gehen.

Wo wer ist, weiß niemand mehr."

Ich sinke in den Schaum und puste Wolken übers Wasser. Kurz tauche ich ein und wieder auf. Ich fühle das lauwarme Nass meine Wimpern und Wangen entlangfließen. Es umströmt meinen müden Körper.

„Nach Sonnenuntergang werde ich zurückfliegen. Der Graf wartet schon sehnsüchtig auf meinen Bericht. Hmm …", überlege ich, „doch! Schön *warrett* hier. Nettes, frisches Personal, spannende kulinarische Ausflüge, Köstlichkeiten. Wirklich: *Ett schmeckt datt Essen in Essen. Ett* gibt hier abwechslungsreiche Gäste und angenehme Zimmer, in denen man ungestört genießen kann. Sogar die Räume der Bediensteten haben es in sich. Was ich vermisse, ist ein bisschen Hausmannskost. So einfach, ganz urtypisch, so wie bei *Muttern* halt."

Es klopft.

„Etwa jetzt schon? Wen haben sie gefunden?", schrecke ich zusammen, *„Bitte nicht stören,* habe ich es nicht rausgehängt?"
Meine Gedanken überschlagen sich: „Was, wenn …? Sind wirklich alle sorgfältig gefüllten Beutel in der Minibar verstaut? Die Kostproben sind wichtig für ihn."
Die Stimme, die ertönt, ist männlich:
„KOFFERSERVICE, Madame."
Mein Auspusten schwingt eine Schaumwolke in die Luft.
„Kommen Sie herein, junger Mann. Ich bin noch im Bad. Lassen Sie die Vorhänge bitte

geschlossen und das Licht aus." Splitterfasernackt gleite ich aus der Wanne. Schaumkronen bedecken Teile meines Körpers.

Feucht tropft es zu Boden, als ich vor ihm stehe.

„Vor dem Schlafengehen einen freiwillig angebotenen Absacker zu nehmen, das geht immer", lächle ich berauscht.

Meine Reißzähne funkeln.

Frühlingsgefühle

Liebende Herzen toben

Kalt der Winter kommt

Der Hochmut eines Autors

(Auszüge aus ATLAS VAN RAIEN)

. . .

Jedoch lauerte das Schlimmste auf ihn: Die
Schreibpause, zu der ihn seine Frau so
unerbittlich zwang, obwohl sich mit dieser
Halitophobie etwas ergeben könnte. Sicher würde
ihn der Entzug umbringen.
Konnte Emma das zulassen?

. . .

Emma van Raien betrat den Raum, begrüßte die
Anwesenden und steuerte um das Bett herum auf
ihren Mann zu.
„Gut, du bist wach." Er blinzelte sie stumm an.
„Atlas, es ist alles geregelt. Ich habe dir ein paar
Blümchen mitgebracht. Für deine Psyche.
Wiesensalbei gibt es leider noch nicht. Haben wir
hier irgendwo eine Vase?"
„Aber selbstverständlich, meine Liebe. Direkt
neben dem Schwesternzimmer. Sie können den

Schrank nicht verfehlen. Er ist beschriftet. Wie die duften!" Valeia Memoria nahm ihr zuvorkommend die Blumen ab und legte den violetten Bund behutsam auf Piet Hansens Nachttisch.

„Danke", strahlte Emma und entschwand.

„Herr van Raien, Sie hatten also diesen unheimlich schweren Sturz aus der Höhe", sprach Sie ihn an, obwohl er ihr immer noch abweisend den Rücken zukehrte.

„Ich?!" Nur schwerfällig drehte er sich um.

Sie tippte unaufhörlich mit den Fingern gegen die Daumen. Er wurde nervös.

„Watt, du hass Höhnaangst, Meista!"

„Piet!", ermahnte sie ihn und blickte Atlas an.

„Das kann nicht sein! ICH doch nicht!"

„Ich sehe es deutlich in Ihrem Antlitz, Herr van Raien. Verdrängung. Der Klassiker!"

Atlas schnaubte.

„Guter Mann, Sie wollen sich also nicht daran erinnern. Sie müssen sich Ihrer Höhenangst stellen. Sie müssen damit umgehen können, um sie zu lösen. Was genau haben Sie denn? Die Akrophobie, die in luftiger Höhe auftritt und eine Angststörung ist, obwohl Ihnen keine direkte

Gefahr droht? Soweit Sie sich nicht zwanghaft selbst hineingestürzt haben, wie an dieser Treppe. Oder die Flugangst, die Aviophobie, die Sie eher krankhaft heimgesucht hat und Sie gepaart mit einem Hauch von Akrophobie beherrscht? Aber Sie sind ja mit dem Auto gefahren. Selber? Nein, richtig! Ihre Frau musste. Dann ist es nur die Bathophobie, der scheinbare Auslöser Ihrer Höhenangst. Sie lässt Sie nicht in die Tiefe blicken. Hier sprechen wir nicht von Höhen-, sondern von Tiefenangst. Sicherlich haben Sie von allem etwas!"

Daher kannte er sie. Der außergewöhnliche Name, die Wahrsagerei und jetzt die Psychoanalyse. Vor seinem inneren Auge blätterte der Zeitungsartikel wieder auf. Vor zweieinhalb Wochen hatte er ihn mitgenommen und in seinem Keller in dem Eimer verschwinden lassen. Mit diesem Artikel und nun mit der Psychoanalyse seiner eigenen Person griff sie eindeutig und unbarmherzig in sein Fachgebiet ein. Das stand ihr nicht zu. Seine Augen verengten sich zu Schlitzen und fixierten sie. Wieder ging die Tür auf.

„Ich finde den Schrank nicht und im Schwesternzimmer ist niemand."

„Kein Problem, ich helfe Ihnen gerne. Andere Menschen aus ihrer Zwangslage zu befreien, habe ich zu meiner Berufung gemacht", zwitscherte Valeia und glitt hinter Emma van Raien aus dem Raum.

„Puh, die is aansträngend."

„Was hat die mit Ihnen zu schaffen?"

„Meista, ich heiße Piet! Und die hilf mia, datt Laisen zu kapian unn mit maine Phobien klaar zu kommen. Sowait datt geiht!"

„Äh, Piet, aber wäre es nicht besser, Sie, du würdest auch bei mir versuchen, Hochdeutsch zu sprechen?"

„Wennst mainst. Jou! Dann versuch ich datt ma." Er räusperte sich. „Mit Hilfä einer Anlauttabelle komme ich Schritt für Schritt dem Laisen und Schraiben näher. Sie hat mir maine Ängste vor den Lährern und der Schule in meinä Kindheit analysiert und ein bisschen stimmt datt auch. Ich mach Fortschrittä!"

„Kleine, wie mir scheint. Sie sollten mal meine Bücher lesen."

„Du biss ain Bücha-Schraiba?"

„Autor." Atlas zwinkerte ihm zu.

„So gut laisen kann ich noch nich. Abba datt wiad. Unn bei dem Anspoan."

Fröhlich gibbelnd kamen die beiden Frauen herein. Emma füllte die Vase und platzierte den duftenden Strauß auf dem Fensterbrett an Atlas` Bett.

„Ihhh! Watt isss datt dannn!"

Piets entsetzter Aufschrei schoss Atlas durch Mark und Bein.

Nun ging alles sehr schnell. Das Bett rückte, trotz festgestellter Bremse, durch Piets panische Bewegungen von der Wand weg. Ohrenbetäubendes Quieken stieß aus dem angstverzerrten Gesicht des Mannes. Valeia trällerte mit beruhigendem Singsang auf ihn ein, der jedoch seine Panik noch verstärkte. Emma flitzte ums Bett herum und fegte etwas von Piets Nachttisch. Atlas van Raien schlug mit der flachen Hand auf seine Bettkante. Zwei Nonnen stürzten herein.

„Es ist die Spinne dort!" Valeia Memoria zeigte auf Piets sauberen Nachttisch. Außer einer Art Lesezeichen war dort nichts zu sehen. Alle stutzten.

„Sie ist aus dem Flieder gekrabbelt! Wo ist sie jetzt?"

Beim Wort ´gekrabbelt` überkam Piet eine weitere Panikattacke. Die Nonnen schoben ihn mit: „Meine Damen, wir kümmern uns um Herrn Hanssen", hinaus. Vor der Tür verstummten die Stimmen.

Im Raum selbst zeichnete sich eine wilde Hetzjagd ab, die Atlas van Raien amüsiert betrachtete. Die Frauen suchten und suchten. Vergebens.

„Frau van Raien, wir müssen die achtbeinige Thekla finden, sonst kann Piet nicht mehr zurück. Er ist ohnehin schon wieder verbal der Alte geworden."

„Ist es so schlimm", fragte Emma.

Ihr Mann schmunzelte: „Ist unser Mann ein Männlein?"

„Schlimmer noch! Eine duselige Spinne ist der wahnsinnige Grund, warum er mit einem Beinbruch hier im Sankt-Mariannen-Stift liegt."

„Ja, ja, meine Damen, Spinnen haben enorme Kräfte", kroch die pure Ironie aus dem Autor.

„Was wissen Sie denn schon?", giftete Valeia und wandte sich freundlich an seine Frau: „Mein Piet

Hanssen ist krank. Er kommt im Leben und vor allem mit seinem Leben nicht mehr alleine klar. Er braucht fachmännische …", sie lachte, „lieber fachfräuliche Hilfe. Fachfräulich, nicht im Sinne von ärztlicher Betreuung. Nein, fachfräulich, im Sinne von einer Frau, die von diesem Fach etwas versteht."

Emma nickte zustimmend.

„Weiber. Das heißt fachfraulich", nuschelte Atlas. Aus Valeias Mund hörten sich die übrigen Worte und Gedanken merkwürdig verdreht an, obwohl es dieselben waren, die er als FachMANN im Café mit Paolo gewechselt hatte.

„Mein Piet braucht eine Fachfrau, die seine Phobie, seine augenblickliche Lage, seine kranke Welt versteht. Und das bin ich. Er liebt mich. Die Arbeit mit mir macht ihm Spaß. Er erkennt seine Erfolge."

„Hoffentlich, du fachfräuliche Faseltante!"

In sachlichen Ausführungen versunken krochen beide Damen auf dem Boden herum und tasteten um die Rollen der Krankenbetten.

„Wir wollten im idyllischen Park eine weitere Leseeinheit vollziehen. Fremde Umgebung, neue Situation, frischer Wind und so. Doch ich hatte die Erstlesebücher vergessen und war gezwungen zurückzufahren", sagte Valeia Memoria.

„Ach, richtig. Piet mit i-ei, der Analphabet. Na, denn, Meista!"

Die mollige Frau ignorierte Atlas` Kommentar.

„Im Park auf der Bank muss sich diese Spinne abgeseilt und ihn zu Tode erschreckt haben. Voller Panik ist er mir geradewegs in die Arme gerannt. Besser gesagt: geradewegs vors Auto. Ausgerechnet vor meins!" Valeia kamen die Tränen.

„Na, wenn das mal kein Zufall war."

„Sei still, Atlas", fauchte ihn Emma an. „Sie müssen entschuldigen. Mein Mann kann zwischen Realität, Phantasie, Krankheit und Normalität nicht mehr unterscheiden. Dadurch hat sich sein Benehmen über Jahre hinweg völlig aufgelöst."

Atlas schwieg verdutzt.

Valeia stöhnte, griff sich an die Halsketten und streichelte die Zähnchen neben den Hühnerfedern. „Wenn nur mein Morle jetzt hier wäre. Er hätte die Spinne schon längst zwischen seinen Krallen."

„Typisch. Sie hat auch noch eine Katze. Eine schwarze sicher. So von rechts nach links und so. Kein Wunder, dass Piet im Krankenhaus liegt. Schlechter Einfluss, meine Dame."

„Herr van Raien, das ist Aberglaube, das hat nichts mit Beinbrüchen, Krankheiten oder Phobien zu tun."

„Doch, doch, da greift schon mal eins ins andere. Aber das müssten Sie als Hexe doch wissen!"

„Atlas, jetzt reicht´s!" Emma baute sich vor seinem Bett auf. Sie stemmte die Fäuste in die Hüften.

„Lassen Sie ihn. Er weiß es nicht besser."

„Frau Memoria, wie verständnisvoll Sie sind. ICH habe keines mehr", giftete Emma ihren Ehemann an, „Frau Valeia, mir scheint, dass Sie sich, egal was kommt, förmlich aufopfern. Ist es das wert? Ist er das wert? Machen Sie niemals eine Pause?"

„Pause in dem Sinne gibt es nicht mehr. Diese Arbeit währt das ganze Leben, mein ganzes Leben. Alle Tricks habe ich ausprobiert. Psychoanalyse, Wahrsagerei, selbst Zeitungsartikel habe ich geschrieben. Und wofür?"

Zum Erstaunen des Ehepaares Raien fing Valeia an zu weinen. Verlegen half die Autorengattin der pummeligen Frau auf. Ihr Atlas hatte keinen bösen Kommentar abgegeben, obwohl Emma in dieser beklemmenden Situation seine überschwängliche Prahlerei zu den unzähligen Skripten befürchtet hatte. Stattdessen lag er grinsend im Bett und drückte die rechte Hand verkrampft auf die Bettdecke.

„Was grinst du so?"

„Schon lästig, diese Phobieleidenden. Furchtbar anstrengend! Tausend Bände sind Beweis genug. Nicht wahr?!"

„Was hast du da?"

„Nichts." Es zuckte um seine Mundwinkel. Den Kopf wollte er nicht schütteln.

„Kommen Sie mit, Frau Memoria! Er will uns nicht zeigen, was er unter seiner Hand hat."

Mit vereinten Kräften lupften sie seinen Arm und drehten die Handinnenfläche nach oben. Valeia Memoria schrie auf: „Oh, nein! Was ist das? M-m-m-mh, m-m-m-mh."

Sie fiel in Trance. Ihre Augen blieben starr. Der Körper schwankte hin und her. „Emma, seine Lebenslinie! Ihnen steht ja Schreckliches bevor!

Ich sehe unbekanntes Land, das er betritt. Ein dunkles Loch. Zu hoch will er hinaus. Alles wird schwarz. Welch Unheil naht! M…"

Valeia ließ vor Schreck Atlas` Hand aufs Bett fallen. Sie fädelte von hinten mit beiden Daumen in die Knochenfederkette ein und tippte unter dem bekannten „M-m-m-mh" alle Fingerspitzen nacheinander gegen die obersten Daumenkuppen. Es schien fast so, als würde sie einen Schutzwall gegen das nahende Unheil heraufbeschwören.

Emma van Raien unterbrach sie: „Hat er denn die Spinne erwischt?"

„Natürlich hab ich die erwischt."

„Nein, hat er nicht. Sie krabbelt Ihnen entgegen. Da! Packen Sie zu!" Die Wahrsagerin löste sich aus ihrem Zauber.

„Gleich haben wir dich, du Übeltäter."

Beide Frauen hechteten vor.

„Und? Frau van Raien?"

„Sie ist zu tricky, anders als unsere daheim im Keller."

„Mensch Mädels, Spinnen verhalten sich anders! Sie flitzen durchs Leben. Wenn nicht gerade jemand Flieder anschleppt … und sie aus ihrer gewohnten Umgebung reißt." Mit der linken

Hand fächelte sich Atlas van Raien den Duft der Blumen zu und atmete tief ein. „Fast Wiesensalbei, farblich zumindest. Auf jeden Fall machen Spinnen in geschützten Winkeln Zwischenstopps, bevor sie losstürmen. So viel verrate ich euch."

„Wie du?"

„Klar ich! Wer sonst kennt sich aus?!"

„Nein, ich meine: Zwischenstopps - wie du! Sonst wären wir ja durchgefahren. Du Spinner." Beide Frauen sahen Atlas` Mimik und lachten über seinen missglückten Aufklärungsversuch.

„Mein werter Herr, machen Sie sich nichts daraus. Ich war auch gezwungen, anzuhalten. Enorm viel Stress auf einmal ist ungesund für alle Lebewesen. Abschalten tut manchmal gut. Abschalten vom Alltag, in den sonnigen Süden fliehen."

„Bestimmt! Bestimmt ist die Spinne schon längst dort, so langsam, wie ihr beiden seid", unterbrach er mit wiederhergestellter Abneigung Valeias Ausführung.

„Italien!!!", schwärmten die Frauen wie aus einem Munde.

„Luftveränderung. Andere Umgebung, neue Eindrücke. Und nun, was macht mein Piet?!"

„Frau Memoria, die Veränderung hat er nun. Und zusätzlich noch die furchtbar nette Gesellschaft meines Mannes." Emmas böses Augenspiel galt ihm. „Im Krankenhaus wird er gut betreut. Lassen Sie Piet hier und fahren alleine weiter."

„Würden Sie das tun?"

Emma überlegte.

. . .

Die vollständige Kröskenskiste zwischen Emma, Valeia, Piet, Paolo und ATLAS VAN RAIEN rund um all die Phobien wird im Roman erzählt – Näheres dazu im Quellenhinweis auf Seite 74.

Licht und Schatten des Lebens

Du und die Lampe
Sie steht auf der Rampe.
Der Umzug musste sein.
Er ist so ein Schwein.

Du und die Lampe
Sie fällt von der Rampe.
Haut sie kurz und klein!
Er war so gemein.

Du und die Lampe
Sie liegt unter der Rampe.
Willst du sie noch? – Nein!
Dann bist du allein.

Schnee von gestern,
trösten die Schwestern,
alles war Pampe:
Du und diese Lampe.

Was soll´s

Der Helfer vor der Rampe
Ersetzt er die Lampe?
Nach dunkel folgt hell.

Gell?!

Der Paketbote

„Ich komme!" Der Ruf dringt vom anderen Ende
der Wohnung durch die Wohnungstür zu mir
herüber. Altbauten! Hier können es nur alte Leute
oder Studenten aushalten. Ich muss schmunzeln,
als ich an die Schwulen-WG der Nebenstraße
denke. Haben die mich angebaggert. Gegen eine
nette junge Frau hätte ich nichts einzuwenden.
Vor drei Monaten hat mich meine Ex verlassen.
Erneut klingle ich. Quälendes Quietschen,
Gepolter, eine Tür schlägt vor die Wand.
„Siiihitz!"

„Ich liebe meinen Job!", stöhne ich und denke an
meine letzte Begegnung. Ein hagerer Mann hatte
die Tür geöffnet. Die Sicherheitskette war
vorgelegt worden. Sie bot eher mir als ihm den
nötigen Schutz. Unter Knurren sabberte mir der
Hund mit gebleckten Zähnen seine Antipathie
entgegen. Glücklicherweise passte das Päckchen
hochkant durch den Türspalt und ich konnte mich
unversehrt wieder verabschieden.

Aber dieses Mal? Der Karton aus dem Tiershop
ist angenehm leicht aber zu groß, um ihn
hindurchzuquetschen. Ich wiege den Karton in

den Händen. Manchmal möchte ich Mäuschen spielen, um zu wissen, was die Leute sich ins Haus bestellen. Wer weiß: Ein neues Geschirr, Halti oder Maulkorb? Die Gegend hier ist überflutet mit Gassigehern. Von Beißunfällen steht oft in der Zeitung. Vielleicht ist es ja nur eine diamantbestickte Leine in einem riesengroßen Karton. Oder gar eine Peitsche, grinse ich. Vom Gewicht her schwer ... schwer einzuschätzen. Wohl doch eher Stahlkette mit Stachelhalsband.

„Murdock, sitz! Lass mich vorbei."

Murdock? Murdock lauert hinter der Tür. Bilder mir bekannter Hunderassen poppen auf: Bulldoggen, Bullterrier, ein Rotti? Oder gar ein verrückt gemixtes Kampfpaket aller gelisteten Rassen? Murdock ist mir verdächtig still. Schweißperlen gruppieren sich und rinnen meine Stirn hinab. Das Paket klebt an meinen Händen. Keine Angst zeigen! Das ist der größte Fehler, den man in der Begegnung mit einem Tier machen kann. Bluffen ist alles. Egal, wie groß das auch immer ist, was hinter dieser Tür sitzt. Warum legt sie die Kette nicht vor? Hat Murdock sie schon an? Ich blicke auf das Paket.

Warum habe ich nur zugestimmt, das Revier meines Kollegen zu übernehmen? Der Stress hat ihn geschafft.

Prüfend vergleiche ich das Namensschild unter dem Klingelknopf mit dem Adressfeld des Päckchens. Alisa Dogkovic. Ein scharfer Pfiff ist zu hören. Mit dem Geradezupfen meiner Uniform versuche ich, Haltung auszustrahlen. Schritte nähern sich. Dumpfe, feste, zarte Schritte, leicht schleifend kommen auf die Tür zu. Was ist das? Zieht Murdock sie hinter sich her? Hält sie ihn wirklich fest? Sie muss mir die Empfangs-bestätigung unterzeichnen. Die meisten Leute brauchen beide Hände dazu. Ich schlucke. Der oberste Kragenknopf drückt auf meine Kehle. Ein Schlüssel klimpert und findet das Loch.

Zum Glück: Es war abgeschlossen! Mein Bekannter erzählte mir, dass Tiere Türen öffnen können. Immer dann, wenn sie ihren eigenen Kopf durchsetzen wollen. Durch Beobachtung haben sie gelernt, menschliches Verhalten zu kopieren. Da soll es Katzen geben, die wie wir die Toilette benutzen.

Das Schloss entriegelt sich. Langsam vergrößert sich der Spalt zwischen Tür und Zarge.

Ich erstarre. Mein Blick haftet am Saum des Minirocks, der auf Hüfthöhe im hochgezogenen Slip steckt.

„Tut mir leid. Ich war gerade noch … ich konnte nicht schneller." Gestützt auf eine Krücke lächelt sie mich an. Peinliche Situation! Obwohl? Hübsche Beine hat sie. Zumindest das eine, das nicht im Gips steckt.

„Reitunfall", bemerkt sie. Verlegenheit erwärmt meine Wangen. Schnell schiebe ich das Paket vor. Nervös reiche ich ihr Stift und Lesegerät.

„Danke, ein, zwei Tage hätten wir uns noch zu helfen gewusst. So ist es jetzt besser." Sie ergreift die Krücke und versucht, das Paket damit hereinzuziehen. „Das ist das Neue, das Ultraleichte. Biologisch abbaubar und ..." Sie rümpft die Nase, hebt den Kopf und schnüffelt. „Es riecht weder süßlich-beißend, noch sonst unangenehm ... nach Tier."

Das Tier! Plötzlich taucht hinter ihr ein Schatten auf. „Murdock?", frage ich, „irre! So etwas habe ich noch nie gesehen." Ein graues, kräftiges Tier. Pfoten so dick wie die Arme eines Neugeborenen. Von einem schwarzen Lidstrich umrahmt blicken mich bernsteinfarbene Augen an. Spitze Ohren sind nach vorn gerichtet und sitzen auf einem kugelrunden Kopf. Aus der Schnauze lugen Vampirzähne hervor. Das Tier macht einen Buckel. Der Schwanz ist erhoben und streicht an der Krücke vorbei. Lautlos, fast geisterhaft, kommt Murdock auf mich zu. Er stiert auf meine Gürtelschnalle. Sein Hinterteil senkt sich, die Schwanzspitze zuckt.

„Sitz!", befiehlt Alisa Dogkovic. Sie schmunzelt: „Der will nur spielen. Helfende Paketboten kratzt und beißt er nicht."

„Miauu", bestätigt Murdock. Er sitzt.

„Sie helfen mir doch?! Das Katzenstreu muss ins Bad. Oder fallen Sie über wehrlose Frauen her?" Ich nicke.

„Wie jetzt?"

„Ja, klar. Äh, nein. ... Nur, wenn sie wollen." Sie mustert mich, zwinkert mir zu und lächelt.

„Wann sagten Sie, haben sie Feierabend? Lass ihn herein, Murdock!"

Schmetterlinge

alles werde ich geben

mit dir gen Himmel streben

lachen, strahlen, glücklich sein

Du bist mein

DU – JA – H

. . .

Dujah war älter geworden. Hübsch schlug ihr Kleid eine Welle vor der Brust. Ihre dunkle Haut schimmerte durch den Stoff. Die Taille hatte ihr Aussehen verändert. Sie lächelte mir zu.

Konnte sie Gedanken lesen?

Sofort senkte ich den Blick auf meine staubigen Schuhe. Verlegen versuchte ich, das Schwarze unter den Fingernägeln zu entfernen.

„Lass nur. Es steht für das Element Erde. Wie geht es dir, Josh? Schön, dich wiederzusehen." Sie kam direkt auf mich zu.

„Gut!", brachte ich heraus, griff in den Korb und biss sofort eine Ecke des Brotes ab.

„Schwirr ab, Dujah! Lass ihn essen. Er hat noch nicht gefrühstückt!"

Sie warf Nungen einen bösen Blick zu und verschwand.

„Sie gefällt dir, was?"

Im Reflex zog ich die Schultern hoch und kaute weiter. „Du ihr auch. Sie hat ständig nach dir gefragt. Immer wenn sie mit uns telefonierte, wollte sie wissen, was du machst. Ich hab ihr natürlich deine lieben Grüße ausgerichtet!"

„Was", rief ich und spuckte dabei Brotkrümel. „Klar, kann mir keinen besseren Verwandten vorstellen. Wird ´ne coole Hochzeit!", lachte er und schlug mir auf den Rücken.

Ich war nicht sicher, ob ich deshalb hustete oder schon vorher gehustet hatte, und jetzt dankbar über diesen Schlag ins Kreuz war.

. . .

„Mensch, Josh! Es wird Zeit, dass wir aus dir auch einen echten Mann machen. Du Wuieis. Das ist nötig. Sonst kriegst du Dujah nie. Auch wenn sie dir schon längst ihr Herz geschenkt hat."

Er wich meinem Angriff aus und lachte weiter. „Wuieis, pah! Einen echten Mann?", schimpfte ich.

„Klar, der genau weiß, welches Tier zu ehren ist, welches zu essen und welches man sich untertan machen muss. Peach, pfui! Lass ihn das Blut nicht lecken, sonst wird er wild."

Ich umarmte Peachs Kopf und zog ihn behutsam aber bestimmend zu mir heran. Es tat gut, ihm das Fell hinter den Ohren zu kraulen.

„Josh, weißt du: Vielleicht werde ich im November oder Dezember schon damit anfangen … wenn der Regen beginnt oder lieber nachlässt und die Natur so richtig aufblüht und es trotzdem extrem warm ist, auch nachts. Jetzt noch nicht. Bin noch nicht reif genug. Da staunst du, was?"

Ich staunte wirklich. Nicht darüber, dass mein Freund Nungen, obwohl er Jeans und Hemd trug, bald nach altem Aborigine-Ritual für ein paar Jahre halb nackt im Busch leben und lernen sollte, bis aus ihm ein echter Mann und kein Wuieis werden würde, sondern viel mehr staunte ich über mich selbst. Schon oft hatten wir Kängurufleisch bei ihnen gegessen – seit Mum nicht mehr für uns kochte – aber nie darüber nachgedacht, wie und woher es kam. Auch hatte ich von der eigentlichen Zubereitung keine Ahnung, waren wir doch immer erst zeitig angekommen. Und drittens hatte sich die Familie von Onemah längst unseren Essgewohnheiten angepasst und das Fleisch auf Tellern serviert, was meine Mutter nie wahrhaben wollte.

Hier auf dem freien Feld wurde mir abermals bewusst, dass wir Einheimische, Ureinwohner dieses Kontinentes unsere Freunde nannten und es für sie eine Selbstverständlichkeit war, so zu handeln.

„Wollen mal sehen, ob dieses Tier noch eine Delikatesse ausbrütet." Onemah schritt auf den regungslosen Känguruleib zu und griff in den Beutel. „Tatsächlich! Sieh mal einer da!" Er zog mit seiner großen, dunklen Hand ein nacktes Etwas aus dem Sack.

Es hatte genau wie die Schafe kein Fell, war nicht größer als die Hand des Mannes und zappelte ein wenig. Die Jungen jubelten über den Fund und gratulierten ihm.

. . .

Als wir auf dem Hof ankamen, stürmte Dujah aus der Hütte auf Onemah zu. „Was schleppt ihr denn da an? Soll ich den Erdofen richten?"

„Das machen wir schon. Kümmere dich um die Jungs. Du wirst staunen", befahl Onemah und in ihrem Gesicht machte sich ein Lächeln breit.

Sie kam zu mir. „Oh! Was ist das klein."

„Tja, Josh, jetzt hast du es." Nungen rollte die Augen und wandte sich seiner Cousine zu. „Dein Joshi war herzensgut und will es bei sich aufziehen." Dann drehte er sich zu mir um.

„Vorbei Josh. Jetzt hast du zwei Plagen am Hals." Tröstend klopfte er mir auf die Schulter und folgte den Männern, um Holz für das Feuer zu suchen. Wir waren allein.

„Sie wollten es braten", erklärte ich.

„Grausam. Es ist noch so klein." Sie kam nah an mich heran und streichelte mit einem Finger über den Kopf des Mini-Kängurus. Dabei berührte sie mich. „Hast du schon einen Namen?"

„Hmm. Joey, vielleicht."

„Das ist Quatsch. Joey nennen wir alle kleinen Kängurus. Hast du keinen anderen?"

„Nein." Meine Stirn warf Falten. „Ich weiß ja nicht ... Ich meine … Ist es ein Junge oder ein Mädchen?" Wieder schoss mir die Röte in die Wangen.

Sie sah darüber hinweg, überlegte kurz und schlug vor: „Nenn es doch Riley. Du hast es auf dem Feld gefunden. War zwar kein Roggenfeld, aber ist ja auch egal. Außerdem kann Riley sowohl ein männlicher Name als auch ein weiblicher sein. Den hatte ich mir ausgesucht für unser erstes …" Dujah verstummte. Sie errötete. Bei ihrer dunklen Haut war es kaum sichtbar. Es stand ihr gut.

„Riley ist prima", half ich uns über die Verlegenheit hinweg, „bin ich mit einverstanden."

„Kennst du dich denn in der Aufzucht von Kängurus aus?"

Ich zuckte mit den Schultern und verzog die Mundwinkel. „Dujah, willst DU das nicht lieber übernehmen? Du bist doch ein Mädchen."

„Sogar fast eine Frau!" Sie schob die Schultern zurück und mir wurde warm. Ich stotterte ein „eben" heraus und wusste nicht, wo ich hinschauen sollte.

Sie plauderte weiter: „Tja, eben. Eben ein Mädchen vom Stamm der Aborigines. Und wie dir sicher nicht entgangen ist, gehen meine Leute ruppiger mit Kängurus um. Wenn sie groß genug sind, werden wir sie …"

„Schon gut", unterbrach ich sie, „war ja nur eine Frage."

„Ach, Josh." Mit gekonntem Wimpernaufschlag blinzelte sie mir zu. „Du kannst beim Australien Animal Welfare nachfragen. Und jederzeit, ich meine, nur wenn du willst …", lächelte sie, „komme ich heimlich zu dir."

. . .

Die vollständige Kröskenskiste zwischen Dujah, Nungen, Joshua und Riley wird im Roman erzählt – Näheres dazu im Quellenhinweis auf Seite 74.

Ich hoffe, dir hat die bunte Mischung meiner
Kröskenskisten gefallen.
Mit dem Ausblick auf

Band 2

bedanke ich mich für deine Leselust.
Wenn du willst, empfiehl meine Bücher weiter.
Ich freue mich.

 -lichst

Anja Rosok

Vokabularium – Ruhrpottplatt

Krösken   Verhältnis, Beziehung

Getz abba flott = Getz abba hurtich :   „Jetzt aber ...“
                              Ausdruck zum Antreiben

Kumpels   Pl. von Kumpel, Kollege, Freund

Laaber nich!   Rede keinen Blödsinn

Mach den Kopp zu!   Schweig stille!

olle Schrupfnelda   Schimpfwort für Frauen

alten Bummskopp   Schimpfwort für Männer

Pulle   Flasche, meist Bier (sonst näher deklariert)

der Klüngelskerl   fahrender Schrotthändler mit
                             markanter Musik·

Krötn   Geld

datt Mäh   das Schaf

ne Knifte   eine Schnitte belegtes Brot

Penner   Obdachloser als Schimpfwort

schnuppe sein   egal sein

zu de Ottevolaute gehören   zur High-Society gehören

Pommes rot-weiß / Schranke   Pommes frites mit
                                 Ketchup und Mayonnaise

sonne Party   so eine Party

Quellenhinweis

Dem Heinz seine Magda

Erstmals erschienen: Treffpunkt Gasometer: Ruhrpottliebe, (Andreas Tyrock Hg.), Klartext-Verlag, 2017. Bei der Buchpremiere gelesen von der Schauspielerin Nina Petry.

Der Hochmut eines Autors   (Romanauszug)

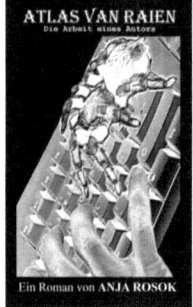

Erstmals erschienen: Atlas van Raien, Wunderwaldverlag, Erlangen, 2010; Neuauflage: **ATLAS VAN RAIEN** Die Arbeit eines Autors, BoD-Verlag, Norderstedt, 2018

ISBN: 978-3-7481-5000-8   auch als *e-book* lesbar

DU – JA – H   (Romanauszug)

Erstmals erschienen: Riley, eine Entscheidung fürs Leben, Noel-Verlag, Oberhausen, 2011; Neuauflage: Riley, eine Entscheidung fürs Leben, BoD-Verlag, Norderstedt, 2018

ISBN: 978-3- 7481-3322-3   auch als *e-book* lesbar

Weitere Romane der Autorin

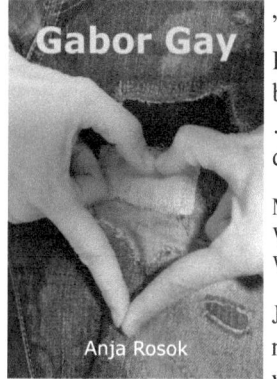

„Hier ´rüber! Flanke! Gib ab!"

Der Morgen beginnt fair –
bis diese blöde Bemerkung fällt
… und dann die Sache unter
dem Torbogen.

Mit wem kann er darüber reden?
Warum weiß seine Schwester davon?
Was weiß sie genau?

Je mehr Gabor darüber
nachgrübelt, desto mehr
verstrickt sich sein Umfeld.

Was ist, wenn man anders ist, als andere meinen?

ISBN: 978-3- 7481-1153-5   auch als *e-book* lesbar

„Weihnachten kommt immer
Plötzlich!"„Wie?"„Wie der Schnee!"

An Eldemirs Stand für magische
Weihnachtsbäume dürfen Kinder
ihren Baum aussuchen.

Wenn man sie lässt.

Was ist, wenn Erwachsene es
besser wissen?

Eine zauberhafte
Adventskalendergeschichte zum
Mitgestalten in 24 Kapiteln

ISBN: 978-3- 7481-5000-8   auch als *e-book* lesbar

* Bilinguale Bilderbücher *
bilingual rhyme picture stories

... vom Größerwerden und Mutigsein.

Unser Rolf - Our Rolf

Suddenly our Rolf is alone.
He feels teensy-weensy and begins to frown.
Something breaks. It rustles. "Oh my!"
He s scared stiff and will cry.
On his run he falls into the water. Then it is clear:
He runs away from his own fear.

Plötzlich ist unser Rolf allein.
Er fühlt sich klitze-, klitzeklein.
Es knarrt, es knackt „Oh, oh!"
Er fürchtet sich so.
Bei seiner Flucht plumpst er ins Wasser und erkennt,
dass er vor seiner eigenen Angst davonrennt.

A bilingual rhyme picture story
about growing up and being plucky.

Eine gereimte, bilinguale Bildergeschichte
vom Größerwerden und Mutigsein.

Anja Rosok

... über das Anziehen verschiedener Kleidungsstücke.

Beeile Dich, Schnecke

Hurry Up, Snail

"Draußen spielen, das macht Spaß.
Vorher anziehen!" „Ja, aber was?"
Der Bär bringt einen Rucksack heran.
Ob die Schnecke damit etwas anfangen kann?

Eine gereimte, bilinguale Bildergeschichte
über das Anziehen verschiedener Kleidungsstücke.

Playing outside that is fun.
"Snail, hurry up, then we can run!"
But what clothes will a snail wear?
A big backpack brings the bear.

A bilingual rhyme picture story
about wearing different clothes.

Anja Rosok